AF233362

LE COLLÈGE ABANDONNÉ;

POËME

PAR F. L. B. M. P. D. L.

DÉDIÉ AUX AMIS QUE J'AI PERDUS.

Lu le 30 Brumaire an 10, à la Séance publique de l'Institut départemental de Rennes.

Carminibus quæro miserarum oblivia rerum;
Præmia si studio consequar ista, sat est.

O V I D E.

A RENNES,

Chez CHAUSSEBLANCHE, Imprimeur de l'Institut départemental,
place de l'Égalité.

AN 10.

OBSERVATION.

CET opuscule, composé en 1793, n'étoit point destiné à voir le jour. Si je l'ai tiré d'un porte-feuille dont il n'eût pas dû sortir, ce n'a été que pour répondre aux vues d'une société qui m'a fait l'honneur de m'adjoindre à elle. Les citoyens qui la composent, m'ont témoigné trop d'affection pour n'avoir pas des droits assurés à toute ma condescendance.

Les notes que j'ai ajoutées à la fin pourront paroître inutiles à beaucoup de personnes. Je les ai pourtant crues nécessaires à quiconque n'a pas connu le régime intérieur des collèges.

PAR une insipide préface
Je n'ennuierai point le lecteur.
Dans mon titre est ma dédicace,
Et mon excuse dans mon cœur.

———

UN sentiment de complaisance
Pour ce foible essai m'est permis.
Il me retrace mon enfance,
Des jeux, et même des amis.

———

JE sais qu'un censeur inflexible
A ces motifs est étranger.
Mais la critique est moins pénible
Quand on cherche à se corriger.

———

JE n'ai point conçu l'espérance
Que ces vers fissent quelque bruit.
Je suis dédommagé d'avance
Par le sujet qui m'a séduit.

———

[illegible]

[illegible]

[illegible]

[illegible]

[illegible]

[illegible]

[illegible]

[illegible]

[illegible]

[illegible]

[illegible]

[illegible]

[illegible]

[illegible]

[illegible]

LE COLLÈGE
ABANDONNÉ. (1)

———

Est-ce une illusion ! et quel soudain vertige
Sur mes yeux affligés verse un affreux prestige !
Combien ils sont changés les lieux que je revois,
Séjour où le printemps vint éclairer huit fois
De mes jeunes travaux la suite peu tranquille !
Des jeux et des chagrins voilà l'antique asyle,
Mais ce qui l'occupoit ne s'y retrouve plus.
Au lieu de ces accens et de ce bruit confus
Qu'élevoit dans les airs la folle adolescence,
Règne sur les débris un éternel silence.
Un indigne gazon devoit-il s'épaissir
Sur le sol dégradé que fouloit le plaisir ! (2)
Ils ont pu se couvrir des signes de vieillesse
Ces murs où la vigueur, compagne de l'adresse,
Lançoit d'un bras hardi, la balle, dont les bonds,
A peine aux premiers coups, provoquoient les seconds.
Quel douloureux aspect ! Quelle métamorphose !
Un Pégase avili lâchement se repose
Au pied des bancs fameux où pour leurs nourrissons
Les sœurs du dieu du jour prodiguoient les leçons. (3)
De nos maîtres éteints j'entends gémir les mânes,
Indignés de savoir aux usages profanes.

Le temple des beaux arts honteusement livré ;
Et l'auguste réduit qui, calme et retiré,
Des muses et du goût étoit le sanctuaire,
Devenu de Vulcain la demeure ordinaire. (4)
Et toi qui, des ennuis interrompant le cours,
Au sein de l'esclavage offroit quelques beaux jours ;
Terme de tant de soins et théâtre de gloire,
Pourrois-je te bannir jamais de ma mémoire,
Malgré ton déshonneur, et ton charme effacé ?
Mille instrumens guerriers, l'un sur l'autre entassé,
Font ployer les lambris (5) où, couronnant nos têtes,
La justice venoit, dans ses habits de fêtes,
Présenter aux vainqueurs, Thémistocles nouveaux, (6)
Des fleurs et du laurier les fortunés rameaux.
Plus loin je vois debout la modeste chapelle
Qui retentit souvent des concerts d'un saint zèle.
Mais son plafond muet ne fait plus résonner
Ces chants où la ferveur cherche à s'abandonner.
Il n'est plus ce pasteur dont l'aride éloquence
D'un auditeur glacé lassoit la patience. (7)
Tout se tait. Le tocsin (8) dont le son redouté
De nos jeux suspendus arrêtoit la gaîté,
Ou, d'un sommeil tardif accusant la paresse,
Forçoit d'abandonner la couche enchanteresse,
Ne frappe plus les cieux de son bruit argentin.
On n'entend plus venir, au retour du matin,
Un serviteur actif, que le devoir éveille,
De l'enfance assoupie épouvanter l'oreille,
Et, détruisant l'erreur du songe le plus doux,

Articuler ces mots terribles : levez-vous. (9)
Mais plus terrible encor fut l'avide Cerbère
Dont j'apperçois d'ici le poste solitaire,
Et qui, prenant le nom trop humain de portier,
De vengeur infernal remplissoit le métier. (10)
Farouche en son maintien, grotesque en sa tournure,
De menaces chargeant sa hideuse figure,
Il sembloit dire à ceux rencontrés sur ses pas :
A mon sceptre de fer tu n'échapperas pas.
Essayoit-on de fuir la grille redoutable ?
Sa sombre vigilance et sa voix effroyable,
Exerçant tour à tour leur double austérité,
Trompoient l'espoir menteur d'un jour de liberté.
    En quittant ces verroux, l'œil, à peu de distance,
De Comus exilé fixe la résidence ; (11)
Près du salon fumeux où la voracité
Pratiquait les avis de la sobriété. (12)
Là, puisant à longs traits à la docte fontaine,
Nous submergions Bacchus sous les eaux d'Hypocrène. (13)
Pour mieux assaisonner ces splendides repas,
On débitoit des mots que nous n'écoutions pas. (14)
D'un rebelle appétit étouffant le murmure,
Maint espiègle distrait bégayoit la lecture. (15)
    Au sortir du festin, quand l'astre du repos
Sur l'humide paupière épanche les pavots,
Chacun courroit, enfin dépouillé de ses chaînes,
Savourer le sommeil avec l'oubli des peines.
Des peines ! il en est dès la jeune saison.
Ce fruit prématuré devance la raison.

Mais il reste en tout temps, pour calmer la souffrance,
Deux grands consolateurs : la nuit et l'espérance.
Chantres des voluptés, vous y joindrez l'amour.
Ce dieu sait égayer le plus triste séjour.
De l'étroite prison qui retenoit notre âge,
La beauté quelquefois recevoit notre hommage.
Vers ces chênes voisins, (16) sitôt que sur les fleurs,
L'aurore commençoit à répandre des pleurs,
Un moderne St.-Preux, ravi de sa merveille,
Adressoit les discours qu'il avoit lus la veille ;
Peignoit de ses tourmens le risible transport,
Crioit aux immortels : « Adoucissez mon sort.
» Faut-il que de pédans la rigide cohorte.
» S'arme contre les ris et leur brillante escorte !
» Ah ! pourquoi renoncer aux projets séduisans
» Dont l'enchantement fuit sur les aîles du temps ?
» Quand Venus pourra-t-elle user du privilège
» De franchir librement la porte d'un collège ! » (17)
   Liant de longs dégoûts à des plaisirs trop courts,
D'un tissu mêlangé Clotho filoit nos jours.
Telle étoit de nos vœux la fabuleuse histoire,
Qu'aujourd'hui même, après qu'on ne peut plus y croire,
On aime à revenir sur des pensers si doux,
Rêves trop fugitifs, où vous envolez-vous ?
Reviens quelques momens, officieux mensonge,
Recréer le bonheur qui n'existe qu'en songe.
Puisse l'aimable attrait d'un plaintif souvenir
Des grâces du passé décorer l'avenir !
Si, quittant ses rigueurs, la fortune inflexible

A mes ardents desirs cessoit d'être insensible,
Je voudrais réunir sous ces mêmes bosquets (18)
Les anciens compagnons qu'invoquent mes regrets;
Reprendre pour un jour le joug des habitudes,
Dîner encore ensemble ; (19) et là, de nos études,
De nos jeux imitant le cours sitôt fini,
Voiler du mal présent le tableau rembruni.
Quel plaisir de songer aux vives incartades
Qui signaloient jadis nos courtes promenades !
Plus mûrs, mais moins heureux, par l'observation,
De prendre aux mêmes lieux la récréation !
Et du fer de Saturne annullant la puissance,
De revenir encore aux accès de l'enfance !
Nous nous rappellerions les secours complaisans
Des maîtres dont l'appui soutint nos premiers ans.
Dans notre émotion, non moins juste que tendre,
Du tribut de nos pleurs nous baignerions leur cendre.
Chacun, de les revoir n'ayant plus la douceur,
Sur leur urne penché, graveroit sa douleur.
O vous, s'écriroit-il, qui, pour mieux nous conduire,
D'un geste approbateur ou d'un noble sourire
Tantôt encouragiez notre timide effort ;
Et tantôt, rabaissant l'impétueux essor
Que la fougue arrachoit d'une ivresse insensée,
Bridiez d'un frein heureux la novice pensée,
D'un génie égaré soumettiez les travers,
Que n'êtes-vous témoins de nos chagrins amers !
Pourquoi l'adversité, constante en sa vengeance,
Vous a-t-elle enlevés à la reconnaissance !

Sous le glaive assassin l'un de vous est tombé ;
Aux coups de l'indigence un autre a succombé. (20)
Étoit-ce là le prix dont l'âpre destinée
Devoit payer un jour votre tâche obstinée !

De ces revers nombreux le sinistre récit,
Avec d'autres couleurs, présente à mon esprit
Le savant (21) qui, du sort corrigeant le caprice,
Tendit à ma détresse une main protectrice.
Je dus à ses bontés, à son affection
L'inestimable bien de l'éducation.
Ses soins persévérans, son aimable prudence
M'apprirent à porter le poids de l'existence.
Me sera-t-il donné du moins de le revoir,
De remplir près de lui le filial devoir
Dont il m'a tant coûté de perdre l'habitude,
Et qu'omet aisément la noire ingratitude ? (22)
Quel doux ravissement pour moi, de célébrer
L'époque anniversaire, (23) où, prompt à m'égarer
En souhaits que le cœur adresse en téméraire,
Je laissais babiller ma muse plagiaire ;
Et, poëte avorton, en hommage j'offrois
De parasites vers, enfilés par couplets.

Mais si de tels écrits procuroient peu de gloire,
D'autres, mieux applaudis, réclamoient la victoire. (24)
L'imagination en étoit l'attribut.
Terrasser des rivaux, voilà l'illustre but
Qu'un athlète, jaloux du faîte littéraire,
Envisageoit de loin, au bout de sa carrière.
Mille songes flatteurs, agitant son sommeil,

Lui faisoient dévancer le lever du soleil,
Pour prévoir le combat, et disposer ses forces.
Passion du succès, tes brillantes amorces
Séduisent à tout âge, et donnent, en tout temps,
De l'ardeur au travail, et l'éveil aux talens.
   Un héros que perdit la France désolée,
Disait, en reculant sur sa vie écoulée :
« Si d'un charme bien vrai je me sentis épris,
» Ce fut lorsqu'au collège emportant quelque prix,
» Je jouïs pleinement du fruit de ma conquête.
» Les triomphes sanglants que Mars fougueux apprête
» N'ont, malgré leur éclat, pu me faire oublier
» Le trophée innocent du modeste écolier. »
   Étrangers aux exploits que Bellone renomme,
Nous étions orgueilleux du mot de ce grand homme.
Curieux de briguer un flatteur souvenir,
Tout étoit mis en œuvre afin de l'obtenir.
Veilles, privations ne nous rebutoient guères.
Déjà l'ambition nous comptoit pour sectaires.
Mais avec l'équité nos démarches d'accord,
Ne devoient point en nous exciter le remord.
Jours sereins ! où les vœux sont encore assez calmes
Pour soupirer après des livres et des palmes,
Et sur d'humbles bouquets fonder sa vanité !
   Qui croiroit que jamais cette solemnité,
Où la rose au mérite étoit pour gage offerte,
Ait animé l'enceinte à présent si déserte !
J'ai vu sous ces parvis, aujourd'hui délaissés,
Une foule bruyante errer à flots pressés.

Du plaisir éclipsé le deuil a pris la place.
Ainsi devant le temps tout s'engloutit, tout passe.
    Mais ce qui promptement ne sauroit s'effacer,
Ce que l'ame toujours se plaît à retracer,
C'est le joyeux fracas des clameurs amicales, (25)
Précurseur enivrant des pompes triomphales.
On nommoit le vainqueur. Soudain vingt instrumens
De leur son belliqueux prêtoient les ornemens.
Les grâces ou le rang présentoient la couronne; (26)
Et souvent une mère, aimable autant que bonne,
Mit, d'une main tremblante et l'œil mouillé de pleurs,
Sur le front de son fils l'heureux tissu de fleurs.
    Aux élans soûtenus d'un étude sévère,
Succédoit l'enjouement d'un repos nécessaire.
Au décroît des chaleurs, quand l'ami des bergers
D'un fragile incarnat décore les vergers;
Brisant de son cachot les entraves ingrates,
Chacun alloit goûter, auprès de ses pénates,
La paix, dont Apollon recherche les appas,
Quoiqu'à ses partisans il ne l'accorde pas.
D'un poëtique feu l'élève en vain pétille;
Il ne sauroit saisir qu'au sein de sa famille
Ce fantôme imposteur appellé le plaisir.
Embrasser ses parens, et, dans un doux loisir,
Loin des désagrémens que la gêne accompagne,
Sous l'ombre méditer; parcourir la campagne;
Un Virgile à la main, quelquefois là chanter;
Près d'un ruisseau causeur en rêvant s'arrêter;
C'est ainsi que couloient ces jours de jouissances.

Qu'avec tant de raison on nommoit les vacances.
Elles offroient pourtant plus ou moins de faveurs,
Selon le résultat produit par nos labeurs.
L'enfant dont l'indolence étoit le caractère,
N'éprouvoit que froideur dans l'accueil de son père.
Le studieux, ami de l'assiduité,
Qui parmi ses égaux avoit été cité,
Et qui, dans les honneurs de la fête annuelle,
Avoit fait distinguer son invincible zèle,
Par les siens à l'envi s'entendoit répéter
Ces encouragemens nobles à mériter.
De ses ayeux contens il doubloit l'espérance,
Et de leurs soins pour lui donnoit la récompense.
Régler son sort futur, son établissement,
Déjà des entretiens faisoit l'amusement.
Tous deux, pour le soutien promis à leur vieillesse,
Unis et divisés, disputoient de caresse.
  Ce commerce charmant et ces rapports sacrés
A mes débiles ans restèrent ignorés.
Dépourvu de secours en entrant dans la vie,
Toute félicité m'auroit été ravie ;
Aux larmes j'aurois vu mon printemps condamné ;
De la crainte à la mort je me serois traîné,
Si la compassion n'avoit, dans mon naufrage,
De la maternité pris la riante image
Et des liens du sang le dehors emprunté.
J'obtins de la tendresse et de l'humanité,
Pour réparer du sort la douloureuse injure,
Ce qu'au titre de fils garantit la nature.

Le puissant intérêt qu'à ma cause l'on prit,
En traits toujours vivans grava dans mon esprit
Cet adage commun où la vérité brille :
« L'amitié peut souvent tenir lieu de famille. »
    Les hommes généreux devroient être immortels.
La sage antiquité leur dressoit des autels.
Nous, moins reconnoissans, quand la vertu succombe,
A peine daignons-nous inscrire sur sa tombe
L'éloge en raccourci de ses obscurs bienfaits,
Le nom qu'elle honora, sa chûte et nos regrets.
Pour moi, je n'irai point dans mon indifférence,
Coupable partisan de cette insouciance,
Oublier qui daigna rendre moins dangereux
De mon astre irrité le pouvoir rigoureux ;
Et s'il m'étoit permis d'écouter sans réserve
Ce que je crois devoir à qui fut ma Minerve,
Je voudrois peindre aux yeux un profond sentiment,
Ériger à son ombre un simple monument.
A mon cœur pénétré, ma main obéissante
Placeroit d'un nom cher l'empreinte attendrissante
Sur le tronc révélé d'un funèbre cyprès.
J'y viendrois chaque jour me recueillir en paix ;
Et, plein de souvenirs, m'approchant de ce temple,
M'instruire à la bonté par un aimable exemple.

N O T E S.

(1) Le collège du Cardinal-le-Moine, rue St.-Victor, à Paris.

(2) La cour des récréations.

(3) Les classes avoient été changées en écuries.

(4) L'endroit autrefois le plus solitaire de la maison étoit occupé par des forges.

(5) La salle de distribution des prix. On en avoit fait un magasin d'armes.

(6) On sait qu'il se plaignoit que les trophées de Miltiade lui ôtoient le repos de la nuit.

(7) L'église du collège étoit en même temps paroisse. Le curé débitoit des sermons fort longs en tout temps, mais sur-tout pendant l'hyver.

(8) Les heures du lever et du travail étoient annoncées par la cloche.

(9) Un des domestiques étoit chargé d'appeller chaque écolier au moment du réveil.

(10) Aussi lui donnoit-on, pour seconde qualification, celle de correcteur.

(11) La cuisine.

(12) On voit qu'il est question du réfectoire.

(13) Il faudroit n'avoir pas été écolier pour ignorer ce que c'étoit que l'*abondance*.

(14) Ceci doit s'entendre de nos distractions, et non de la nature des ouvrages, d'ordinaire assez bien choisis.

(15) L'élève chargé de lire pendant le repas, étoit condamné à prendre le sien après les autres.

(16) Le collège est entouré de jardins et de maisons de particuliers.

(17) A très-peu d'exceptions près, les mères des écoliers étoient les seules femmes qui eussent la liberté d'entrer dans les collèges de l'Université.

(18) Au milieu de la cour est une place plantée d'arbres, et que nous appellions *la treille*.

(19) Ce projet, dont je crois avoir un des premiers suggéré l'idée, a été réalisé depuis par les anciens sujets de différentes maisons d'éducation.

(20) Ces deux vers sont vrais à la lettre.

(21) Le citoyen Levasseur, ex-professeur de réthorique, retiré maintenant à Senlis. Je sais bien que tout éloge lui est inutile; mais je n'en ai pas moins senti le besoin d'exprimer ce dont je lui suis redevable.

(22) Il soulagea les malheureux, et fut lui-même abandonné quand il eut perdu ses ressources.

(23) La fête des professeurs et des chefs se célébroit par des chansons et des pièces de vers latins.

(24) Les compositions de la fin de l'année. Elles décidoient des prix.

(25) Les cris de *fanfare*, poussés par les spectateurs.

(26) A chaque distribution assistoit ce qu'on appelloit alors les cours souveraines. Le premier président faisoit les honneurs. Quelquefois aussi c'étoit l'épouse d'un homme constitué en dignité. Je me rappelle, entre autres, madame Barentin, femme du garde des sceaux.

www.ingramcontent.com/pod-product-compliance
Lightning Source LLC
LaVergne TN
LVHW021805030726
842523LV00003B/1222